Analyse de l'œuvre

Par Éléonore Quinaux
et Marie-Sophie Wauquez

Moderato cantabile

de Marguerite Duras

lePetitLittéraire.fr

Rendez-vous sur lepetitlitteraire.fr et découvrez :

Plus de 1200 analyses
Claires et synthétiques
Téléchargeables en 30 secondes
À imprimer chez soi

MARGUERITE DURAS

AUTEURE FRANÇAISE
AUX ÉCRITS POLYMORPHIQUES

occurring in different forms.

- **Née en 1914 à Gia Dinh (Indochine)**
- **Décédée en 1996 à Paris**
- **Quelques-unes de ses œuvres :**
  - *Un barrage contre le Pacifique* (1950), roman autobiographique
  - *Le Ravissement de Lol V. Stein* (1964), roman
  - *L'Amant* (1984), roman

Cadette d'une famille de trois enfants, Marguerite Duras, de son vrai nom Marguerite Donnadieu, grandit dans une colonie française en Indochine. Après le décès de son père en 1921, sa mère, poussée par l'administration coloniale, acquiert une terre infertile près de Saigon (Vietnam). Ce cadre désastreux marque la jeune Marguerite, qui le représentera largement dans son œuvre.

Venue s'installer à Paris en 1932 pour suivre des études en sciences politiques, Marguerite Duras travaille ensuite comme secrétaire au ministère des Colonies jusqu'en 1940. À partir de 1943, son appartement dans la capitale française devient un lieu de rencontres intellectuelles. Elle rédige un premier roman, *Les Impudents*, qui sera publié la même année. Elle s'illustre ensuite dans diverses formes littéraires : romans, pièces de théâtre, scénarios. Son écriture est couronnée par le prix Goncourt en 1984 pour *L'Amant*. Auteure majeure du XXᵉ siècle, ses œuvres bousculent les clichés littéraires de l'époque.

MODERATO CANTABILE

UNE MÉLODIE
BRÈVE ET SUFFOCANTE

- **Genre :** roman
- **Édition de référence :** *Moderato cantabile*, Paris, Les Éditions de Minuit, 1993, 165 p.
- **1re édition :** 1958
- **Thématiques :** la rencontre, le crime passionnel, l'adultère, la solitude, le désespoir, la peur

En 1958, *Moderato cantabile* reçoit le prix de Mai, créé la même année par Alain Robbe-Grillet (romancier et cinéaste français, 1922-2008), et disparu deux ans plus tard. Le titre du livre fait référence à une indication mélodique sur une partition informant le musicien que le morceau se joue sur un rythme chantant et modéré.

C'est en effet l'allure que revêt ce roman d'une centaine de pages, au centre duquel se joue une rencontre entre un homme et une femme dans un café. Ils s'inventent, jour après jour, une histoire bâtie autour d'un meurtre qui a eu lieu

au même endroit. Ce crime passionnel permet à
deux égarés *les + seuls* de commencer une passion brève et
dévorante, presque platonique.
dévorering.

Ce petit opus a suscité quelques remous dans la
critique des années 1950, certains y percevant un
modernisme incroyable, d'autres ne comprenant
pas le dessein de ces pages à l'aspect inachevé.

RÉSUMÉ

Moderato cantabile est un roman de l'ennui, qui se concentre sur le personnage d'Anne Desbaresdes. Cette bourgeoise à la vie aisée semble en effet éprouver une forme de lassitude, et se détache alors progressivement de sa vie mondaine.

Pour échapper à ses obligations de la vie en société, elle se réfugie dans un café dans lequel elle rencontre un homme, Chauvin. Le dialogue qui se tisse entre les deux protagonistes est exclusivement tourné vers le drame passionnel qui s'est produit au sein de ce café : une jeune femme a été assassinée par son amant.

L'ENNUI

Comment ne pas s'ennuyer lorsque l'on est une femme issue de la bourgeoisie dont la seule occupation réside dans le fait d'emmener son fils chaque semaine à sa leçon de piano ? Telle est la vie terne, monotone et sans surprise d'Anne Desbaresdes. L'existence de cette blonde sans avis, sans conversation, sans préoccupation tourne autour de son fils unique. Son seul souhait est qu'il apprenne le piano, car la musique est extrêmement importante pour elle.

Anne a une belle maison, un charmant jardin où se pâment de splendides magnolias et, à son service, un important personnel. Ce n'est pas l'argent qui manque : son époux est le directeur des Fonderies de la Côte, et gère pour celle-ci toutes les affaires d'import-export. Le quotidien de la jeune femme est donc rythmé par les réceptions et les soirées pour le personnel organisées annuellement dans de beaux salons. L'importance du paraitre donne à autrui l'image d'une vie de rêve.

Mais derrière les masques et les fards, l'existence d'Anne est pauvre, vide, proche du néant. Entre elle et son mari, l'amour est absent ; ils font d'ailleurs chambre à part. Anne meuble ses nuits d'infinies insomnies, d'heures à regarder à travers la verrière le jeu de la lune sur les feuillus du parc. Ce qu'elle ignore, c'est que, tandis que son regard vague tente de trouver le sommeil, un homme qu'elle ne connait pas encore l'observe, hanté par cette silhouette qu'il convoite tant.

UN CRI COMME UN COMMA
DANS UNE SONATE

Chaque vendredi, les notes se répètent ; le fils chéri s'échine à faire résonner les cordes d'un piano au grand désespoir de Mlle Giraud, son professeur. Après un mois de cours, ce blondinet ne parvient toujours pas à jouer correctement une sonatine de Diabelli (compositeur et musicien autrichien, 1781-1858) dont le rythme se doit d'être aussi modéré que chantant – modérato cantabile.

Mlle Giraud est exaspérée par cette mère qui ne se fâche jamais, qui n'éduque finalement pas sa progéniture et ne lui fixe aucun cadre, aucune rigueur. Les gammes et les fausses notes se répètent chaque semaine et la qualité du morceau n'évolue pas. Anne n'est nullement gênée, au contraire, il semblerait presque qu'elle encourage son fils dans cette nonchalance horripilante.

Un jour, lors de l'une de ces leçons, un cri de femme retentit, du bruit se fait entendre dans la rue, une foule s'amasse : un drame est survenu. En sortant du cours, Anne apprend qu'un meurtre a été commis : un homme a tiré en plein cœur de sa bienaimée dans l'arrière-salle d'un café, près de l'appartement de Mlle Giraud.

Cette attitude criminelle *sème* le trouble dans l'esprit d'Anne. Certes, il l'a tuée, et pourtant il semble tant aimer le corps de la morte, il l'embrasse, les lèvres ensanglantées. Elle que personne n'aime, elle qui est aussi incolore qu'insipide se sent profondément touchée par cette attitude qu'elle ne s'explique pas. Elle entend et ressent encore le cri au plus profond de son être. Ah ! si seulement quelqu'un était capable de lui faire pousser un tel cri, un son qui montrerait au monde entier qu'elle aussi, elle a pu être vivante, ne fut-ce qu'un moment...

LE COMMA

En musique, le comma désigne un intervalle très petit, représentant la neuvième partie d'un ton.

ÉCRIS-MOI UN DRAME !

Revenir sur les lieux d'un crime, entrer discrètement dans le café qui en a été la scène, y boire quelques verres de vin pour se donner du courage, sympathiser avec la patronne. Tels sont les premiers gestes qu'Anne, accompagnée de son fils, accomplit le lendemain du drame et les jours suivants, sans vraiment se l'expliquer, du moins au départ. Un nouveau rituel s'installe dans un nouveau lieu, lié au besoin de revivre le meurtre qui s'est joué dans ce café. Un crime qu'Anne interprètera progressivement comme passionnel.

Dans le café se trouve un homme qui interpelle Anne dès sa première venue et, pendant des jours, celui qui répond au nom de Chauvin, un ancien ouvrier de l'arsenal des fonderies de M. Desbaresdes, parti pour des raisons obscures, invente encore et encore pour elle le récit de cette passion meurtrière. Il tente de répondre par plusieurs suppositions aux questions d'Anne : pourquoi cet homme a-t-il tiré sur celle qu'il aimait ? La victime le lui aurait-elle demandé ? Cela aurait-il été si insupportable de vivre de cette manière ?

dotted / sprinkled with

Les journées s'écoulent, parsemées de promenades qui mènent toujours Anne au café où elle retrouve Chauvin, tandis que son fils joue à l'extérieur. La jeune femme qui, initialement, quittait le café avant l'arrivée des ouvriers qui venaient tout juste de terminer leur journée de travail, tarde de plus en plus et finit par arriver avec beaucoup de retard aux réceptions qu'elle donne chez elle. Chauvin lui apporte en effet quelque chose qui lui manquait : de l'attention. Quant à lui, il a remarqué Anne lors des soirées pour le personnel lorsqu'il travaillait encore à la fonderie. Il n'est autre que le rôdeur du parc, qui l'observe la nuit.

Anne découvre des sentiments qui lui étaient jusqu'alors inconnus. Au rythme du vent et du ressac de la mer toute proche, envoûtée par l'odeur des magnolias fleuris, sentant la présence de Chauvin autour de sa propriété, Anne suffoque progressivement. Elle prend conscience qu'elle n'est pas à sa place dans son milieu, car elle y est abandonnée et exposée comme un bel objet auquel on ne prête aucune âme. Elle sombre alors, peu à peu, dans un adultère discret, plus psychologique que physique, dans lequel les corps s'attirent plus qu'ils ne se mélangent.

Mais Chauvin, comme elle, s'y sent mal à l'aise. Il la voudrait morte, comme cette femme qui a été tuée par amour, tandis qu'elle se sent depuis longtemps comme telle. Leurs vies respectives ne sont qu'un drame auquel l'auteure ne met aucun point final.

ÉTUDE DES PERSONNAGES

ANNE DESBARESDES

Anne Desbaresdes, une jeune femme blonde et pâle, appartient à la bourgeoisie. Elle vit dans une villa du boulevard de la Mer, près d'un port et d'un arsenal. Anne est la mère d'un petit garçon à qui elle impose l'apprentissage du piano, mais dont elle semble négliger l'éducation. Elle ne travaille pas, s'occupe de mondanités et de réceptions, et ne se sent à sa place nulle part. L'amour ayant depuis longtemps disparu de sa relation avec son mari, Anne voudrait connaitre la passion. Elle se sent seule, délaissée, fait chambre à part et souffre de nombreuses insomnies.

Sa vie est creuse – elle se sent d'ailleurs morte de l'intérieur – et ne présente aucun intérêt jusqu'à ce qu'elle perçoive le cri d'une jeune femme qui vient d'être assassinée. Intriguée par ce drame, elle commence à fréquenter le café dans lequel il s'est déroulé et y rencontre Chauvin, qui lui témoigne de l'intérêt. Elle qui n'a pas l'habitude de boire passe de plus en plus de temps dans l'établissement et entame une histoire adultérine avec Chauvin. *starts*

Cette liaison lui permet de ressentir des émotions qui lui étaient inconnues, mais aussi une sensation d'étouffement lorsqu'elle se rend compte qu'elle n'est pas faite pour le milieu dans lequel elle évolue. Ainsi, la scène du diner au chapitre VII en est la parfaite illustration : *suffocation*

PRESENT TENSE.   *hey here*

> « Anne Desbaresdes vient de refuser de se servir. Le plat reste cependant encore devant elle [...] autour d'elle, à table, le silence s'est fait. [...] Alors que les invités se disperseront en ordre irrégulier [...], Anne Desbaresdes s'éclipsera [...] elle vomira là, longuement, la nourriture étrangère que ce soir elle fut forcée de prendre. » (p. 99-103)

CHAUVIN

Le lecteur ignore le prénom de ce personnage et, jusqu'au milieu du quatrième chapitre, il n'est désigné que par le mot « homme » : « L'heure était creuse, le café encore désert. Seul, l'homme était là, au bout du bar. La patronne, aussitôt qu'elle entra, se leva et alla vers Anne Desbaresdes. L'homme ne bougea pas. » (p. 38)

Quant à sa description physique, l'unique indication donnée est qu'il a les yeux bleus. Autrefois employé aux fonderies que dirige le mari d'Anne, il n'y travaille visiblement plus et passe ses journées soit au café, soit dans les alentours de la propriété de la jeune femme, pour l'observer et satisfaire le désir de possession qu'Anne suscite en lui. Il semble d'ailleurs connaitre certains détails de son existence. Il divertit Anne en répondant à ses questions et en formulant des hypothèses sur le crime passionnel. Ce faisant, il l'entraine vers les prémices de l'adultère.

LE FILS D'ANNE

Le fils d'Anne est un petit garçon dont le lecteur ignore le prénom, mais dont il sait qu'il ressemble à sa mère, notamment par la blondeur de ses cheveux. Anne l'oblige à suivre des leçons de piano chaque vendredi, chez Mlle Giraud. Le jeune garçon n'aime manifestement pas cette activité. Sa mère délaisse son éducation et s'en occupe de moins en moins.

Il l'accompagne dans ses escapades quotidiennes jusqu'à l'avant-dernier chapitre et lui sert de prétexte pour voir son amant potentiel. En effet, que penserait-on d'une femme mariée qui se rendrait délibérément au café ? Une promenade avec son fils les faisant passer « par hasard » devant ledit café semble plus naturelle aux yeux des badauds et du voisinage et sauve les apparences.

MADEMOISELLE GIRAUD

Mlle Giraud est la professeure particulière de musique du fils d'Anne Desbaresdes. Elle juge que cette dernière manque de rigueur et de cadre dans l'éducation qu'elle donne à son enfant. Elle préférerait que la mère n'accompagne plus son fils lors des séances de cours pour éviter qu'elle ne prenne continuellement la défense de ce dernier et ne laisse stagner son niveau alors qu'il a du talent.

LA TENANCIÈRE DU CAFÉ

La tenancière travaille dans le bar où a lieu le drame passionnel et où s'en joue un nouveau entre Chauvin et Anne Desbaresdes : cette tenancière est en effet le témoin silencieux de l'attraction amoureuse naissante entre ces deux êtres. Elle a l'habitude d'y recevoir les ouvriers de l'arsenal qui arrivent à partir de 18 heures, une fois leur journée de travail terminée. En attendant, elle s'occupe avec un tricot rouge et remplit les verres de vin des deux protagonistes en écoutant leur conversation, sans jamais intervenir. Elle a un rôle d'avertissement : elle prévient de l'arrivée imminente des ouvriers qui ne devraient pas voir Anne en compagnie de Chauvin.

CLÉS DE LECTURE

LE NOUVEAU ROMAN

Marguerite Duras n'a jamais prétendu que *Moderato cantabile* appartenait au genre du nouveau roman. La publication de ce livre est néanmoins réalisée par Les Éditions de Minuit, une maison d'édition française fondée en 1941 qui s'est spécialisée dans ce type d'écrits. Si l'appellation « nouveau roman » est introduite pour la première fois en 1955 par Bernard Dort (écrivain et théoricien français, 1929-1994) et reprise en 1957 par l'académicien Émile Henriot (1889-1961), ce nouveau genre narratif lié à la nouvelle vague au cinéma est théorisé par l'écrivain et cinéaste Alain Robbe-Grillet en 1963, dans un essai intitulé *Pour un nouveau roman*.

LA NOUVELLE VAGUE

La nouvelle vague, un mouvement cinématographique apparu à la fin des années 1950, regroupe des cinéastes français tels que Jean-Luc Godard (né en 1930), François Truffaut (1932-1984), Éric Rohmer (1920-2010) ou encore Jacques Demy (1931-1990). Leur cinéma reflète les changements sociétaux (la guerre d'Algérie [1954-1962], le mouvement d'émancipation des femmes, les révoltes étudiantes) et entend représenter un instantané d'une époque, changeant souvent de modèle familial (divorce, amour adultérin).

La nouvelle vague ne se définit pas par des critères esthétiques particuliers, bien qu'elle use souvent d'arrêt sur image ou de voix off, mais par une volonté de rompre avec la société traditionnelle. Elle propulse souvent des jeunes héros ordinaires à travers l'observation de leurs sentiments.

Le genre du nouveau roman se caractérise par le rejet de tous les éléments constitutifs du roman traditionnel : l'auteur délaisse l'intrigue au profit de l'écriture, le lecteur ne doit posséder aucune donnée prémâchée ou annoncée par une kyrielle de symboles ou d'avertissements qui chargeraient le décor d'éléments de compréhension du récit, les personnages ne sont plus pleinement décrits et construits et les portraits psychologiques sont bannis. Toute la beauté et la difficulté du genre résident dans le non-dit et la recherche sur l'écriture.

Nathalie Sarraute (femme de lettres française, 1900-1999) rejoint la conception de Robbe-Grillet, et publie en 1956 un essai, *L'Ère du soupçon*, dans lequel elle rejette à son tour toutes les conventions romanesques usuelles. Les deux auteurs font figure de chefs de file du courant. Mais comment renouveler un genre que l'on pratique depuis des siècles ?

erase the clichés

L'idée est de gommer tous les poncifs auxquels le lecteur est habitué. L'auteur doit le déloger de sa zone de confort. Les personnages deviennent quasiment optionnels, le cadre n'est pas ou très peu décrit, seul le langage compte, et chacun peut, à sa guise, vagabonder comme il l'entend dans les méandres de l'écriture. Il n'y a pas de sens, pas de code prescrit par les auteurs du nouveau roman.

Dans *Moderato cantabile*, très peu d'informations sont connues au sujet des personnages : une identité et un statut pour ce qui est d'Anne ; un nom isolé pour l'amant potentiel et un nom commun dénué de personnalisation pour son fils. Quant à l'intrigue, elle n'est pas consistante : remaniée au fur et à mesure des idées de Chauvin, elle réside en une rencontre entre deux êtres au sein d'un café qui fut le lieu d'un crime. Dans quelle ville se trouvent-ils exactement ? À quelle époque ? Quelles sont leurs activités ? Nul ne le sait. Seul le dialogue s'impose et capte le lecteur. Peu importe si ce dernier ne reçoit aucune réponse à la plupart de ses interrogations.

Si un tel genre littéraire est né dans la seconde moitié du XXe siècle, ce n'est pas un hasard. Le nouveau roman se pose en effet en réaction aux bouleversements engendrés par les deux guerres mondiales. Le choc a été tel que nul ne peut désormais se reconnaitre dans les anciennes valeurs, celles qui se sont montrées inefficaces puisqu'elles ont mené à la mort de millions de personnes. De la même manière, comment pourrait-on produire une littérature identique à celle du XIXe siècle quand on a vécu de plein fouet les failles de l'existence et le chaos ? Le lecteur doit, à son tour, être bousculé et percevoir ce sentiment d'insécurité constante à travers la littérature. Pour y parvenir, l'auteur le laisse se débrouiller avec les maigres éléments qu'il accepte de lui fournir.

DES CODES ÉLOIGNÉS DU ROMAN TRADITIONNEL

Contrairement au roman traditionnel, le lecteur de *Moderato cantabile* doit déchiffrer ce qui lui est donné dans le texte. Le pacte de lecture est ici transgressé.

En effet, un tel pacte sous-entend que le lecteur s'engage dans une lecture dont il pourra déterminer les codes afin de s'immerger au mieux dans l'univers qui lui est proposé. Dans son roman, Marguerite Duras transgresse ce pacte en omettant de transmettre au lecteur des clés de lecture définies.

Par définition, le pacte de lecture est une forme de contrat qui s'établit, de manière implicite, entre le lecteur et l'auteur. Quand le lecteur choisit un ouvrage, il dispose de plusieurs éléments pour définir le type de lecture qui lui sera proposé. Ainsi, la couverture, la quatrième de couverture, le titre, la collection ou l'appartenance à un genre littéraire sont déjà des indices qui constituent un pacte de lecture.

La lecture consiste donc « à prélever sélectivement des éléments micro ou macrostructurels, à les transformer en indices signifiants et à établir une (ou des) hypothèse(s) de sens » (CANVAT, K., « Genres et pragmatique de la lecture », in *fabula. org*). Dans *Moderato cantabile*, même le code du genre littéraire, un indice pourtant majeur, vient à manquer. La quatrième de couverture, quant à elle, livre peu d'informations complémentaires : « Sur un thème dépouillé, Marguerite Duras a organisé, par un jeu subtil de dialogues et de silences, ce roman bref. » (DURAS, M., *Moderato cantabile*, Paris, Les Éditions de Minuit, coll. « 10-18 », 1958)

Les personnages, le dialogue, l'espace et le temps sont autant de lieux communs qui viennent confirmer le manque flagrant d'indices dans ce roman.

Les personnages

Les personnages de *Moderato cantabile* sont décrits de manière très épurée, ce qui rend toute

purified.

interprétation de leurs actes ou de leurs paroles difficile.

Que dire, dans cette perspective, du tremblement des mains du personnage principal ? (« Anne Desbaresdes se rétracta et, comme à son habitude parfois, s'alanguit. Sa voix la quitta. Le tremblement des mains recommença un peu », *ibid.*, p. 56). Ce tremblement compulsif se manifeste souvent lorsqu'Anne rencontre Chauvin au café.

Il est cependant difficile pour le lecteur de déterminer si celui-ci est dû à une addiction au vin, à une forme de dépendance se manifestant par des tremblements incontrôlés ou bien s'il s'agit plutôt d'une nervosité exacerbée par la présence de Chauvin.

La difficulté d'interprétation est surtout due à ce manque d'informations concernant les personnages. Le lecteur ne dispose pas des indices nécessaires à la bonne appréhension de leur personnalité. En effet, l'intériorité des personnages, leurs motivations, leurs passions ne transparaissent que par le dialogue. Un échange qui est, lui aussi, parfois laconique.

Le dialogue

Le dialogue fait également partie de ces codes que le roman de Marguerite Duras met à mal jusqu'à transgresser le pacte de lecture. Dans un roman traditionnel, le dialogue succède à l'action. Dans *Moderato cantabile*, seul le dialogue est présent. Le dialogue qui s'installe entre Anne Desberesdes et Chauvin constitue en effet une grande partie du roman de Marguerite Duras. Ce long dialogue entrecoupé, qui semble à chaque fois reprendre pour n'en former qu'un seul, représente tout ce que le lecteur sait des personnages et de l'action.

Le dialogue laisse entendre, par exemple, la lassitude éprouvée par Anne vis-à-vis des leçons de piano de son fils : « J'ai eu l'idée de ses leçons de piano, je vous disais, à l'autre bout de la ville, pour mon amour, et maintenant je ne peux plus les éviter. Comme c'est difficile. Voyez, sept heures déjà. » (*ibid.*, p. 82)

En outre, le dialogue permet de comprendre le déroulement de l'histoire.

Ainsi, par les paroles de Chauvin, le lecteur apprend que les deux amants se voient pour la huitième fois : « Vous allez rentrer boulevard de la Mer. Ça va être la huitième nuit. » (*ibid.*, p. 86)

L'espace et le temps

Les marques temporelles sont pauvres dans le roman de Marguerite Duras – excepté la mention des saisons –, ce qui empêche de situer l'histoire sur une ligne du temps : « Le beau temps continuait, à peine plus frais que la veille. » (*ibid.*, p. 51)

Par ailleurs, peu de marques spatiales transparaissent dans le roman. Il n'est par exemple pas possible de déterminer dans quelle ville se déroule l'histoire. Seules des informations sur une ville portuaire et industrielle sont données : « Elle arriva au port après avoir dépassé le premier môle, le bassin des remorqueurs de sables, à partir duquel s'ouvrait la ville, vers son large quartier industriel. » (*ibid.*, p. 51-52)

Le manque de précisions concernant l'espace et le temps de l'histoire va à l'encontre du récit traditionnel qui tend à contextualiser l'histoire racontée avec un maximum d'indices. Dans *Moderato cantabile*, le lecteur se voit donc plongé dans un récit sans véritable ancrage spatiotemporel.

LA RECHERCHE DE LA PASSION

Le mythe de la caverne

LE MYTHE DE LA CAVERNE DE PLATON

Dans *La République* (384-377 av. J.-C.), le philosophe grec Platon (vers 427 av. J.-C.-vers 347 av. J.-C.) évoque le célèbre mythe de la caverne. Il pose un état d'existence qui voudrait que des hommes vivent enchainés au fond d'une caverne, le dos contre un mur derrière lequel des torches seraient placées et projetteraient en face d'eux des ombres monstrueuses, celles d'objets pourtant anodins. Ignorant le monde, ces hommes craignent tout ce qui les entoure et imaginent un cadre effrayant.

L'un d'entre eux, étant parvenu à se détacher, ose progressivement remonter à la surface. Face à la lumière du soleil qu'il a toujours ignorée, il se sent perdu, mais parvient à s'adapter à son nouvel environnement. Il ne souhaite alors qu'une chose : retourner délivrer ses camarades et leur permettre de découvrir ce monde qu'ils ignorent.

Platon poursuit en expliquant que cet homme est revenu auprès de ses camarades toujours enchainés afin de leur expliquer ce qu'il avait vu, mais ceux-ci l'ont pris pour une espèce d'illuminé. Cette allégorie philosophique évoque l'accès difficile à la connaissance de la réalité au-delà des apparences.

in many ways

À bien des égards, Anne incarne cette personne qui a réussi à se libérer de ses chaines pour découvrir un monde qui, jusqu'ici, lui était profondément inconnu. Le lien s'est rompu au moment de la leçon de piano de son fils, lorsque la sonatine a été entrecoupée par le cri de la jeune femme assassinée. Ce cri résonne en elle jour après jour. Elle ne peut l'oublier. Il fait office d'une certaine forme de libération : elle s'aperçoit de son inutilité, de sa vie sans aspérité et sans intérêt, et du fait que la passion existe, bien qu'elle lui ait été jusqu'à présent refusée.

Ayant pris conscience de cela, Anne refuse de retourner dans la caverne, de s'accommoder de son ancien quotidien, du monde d'ombres et de faux-semblants dans lequel elle évolue. Elle recherche une nouvelle existence qui lui permettra, à elle aussi, de pouvoir émettre un tel cri et de ne plus vivoter dans une passivité étouffante et sclérosante. Ce cri est une vérité qui la pousse à trouver un sens à l'existence ailleurs qu'à travers sa routine dérisoire.

L'épisode du banquet

L'épisode du banquet auquel Anne arrive en retard, alors qu'elle en est l'hôte, est certainement l'élément qui révèle le plus ce déséquilibre entre celle-ci et le monde qui l'entoure. La monotonie bourgeoise s'oppose, lors de ce diner, aux soirées passées dans le café, en compagnie de Chauvin.

Le banquet fastueux *sumptuous* auquel elle se rend en tant qu'épouse élégante et distinguée révèle à quel point le masque que la société lui a imposé lui pèse. Elle tente de sourire, sans succès, et son manque de convenance sonne comme un aveu *confession* : « Le canard suit son cours. Quelqu'un en face d'elle regarde encore impassiblement. Et elle s'essaye encore à sourire, mais ne réussit encore que la grimace désespérée et licencieuse de l'aveu. » (DURAS M., *Moderato cantabile*, Paris, Les Éditions de Minuit, 1993, p. 99)

La société qui a été <ins>la sienne</ins> semble tout à coup
désuète et étrangère après la révélation causée
par le cri d'agonie de la jeune femme assassinée :
« Le chœur des conversations augmente peu à
peu de volume et, dans une surenchère d'efforts
et d'inventivités progressive émerge une société
quelconque. » (*ibid.*, p. 94-95) Cet extrait illustre
la façon dont les conversations mondaines appa-
raissent comme dérisoires : elles demandent un
« effort » et laissent apparaitre une communauté
insignifiante et ordinaire.

La passion vécue à travers sa relation avec
Chauvin consume alors Anne Desbaresdes dont
« [l]e feu nourrit [le] ventre de sorcière contrairement aux autres » (*ibid.*, p. 100). Déjà, elle est
perçue comme différente, elle se distingue des
femmes qui « boivent à leur tour, [qui] [...] lèvent
leurs bas nus, délectables, irréprochables [...]
d'épouses » (*ibid.*, p. 98). En effet, d'épouse, Anne
est passée au statut d'amante.

Le bovarysme d'Anne Desbaresdes

En dressant le portrait d'une femme qui, poussée par l'ennui, s'abandonne à des passions
inavouables, *Moderato cantabile* renvoie à la no-

tion de bovarysme. Ce terme désigne le « comportement d'une femme que l'insatisfaction entraine à des rêveries ambitieuses ayant un rôle compensatoire » (« bovarysme », in *larousse.fr*). En effet, tout comme Emma Bovary, le célèbre personnage de Gustave Flaubert (romancier français, 1821-1880) dans son roman *Madame Bovary* (1857), Anne Desbaresdes éprouve un profond rejet vis-à-vis de son quotidien et tente de le combler.

MADAME BOVARY

Ce roman emblématique de Flaubert raconte l'histoire d'Emma Rouault, une jeune fille élevée au couvent, qui épouse Charles Bovary, un médecin de campagne médiocre. Le bonheur conjugal des deux personnages n'est pas réciproque : Emma est déçue de son mariage, qu'elle imaginait plus passionné. Elle se réfugie alors dans les lectures de récits fictifs, dont les vies narrées sont plus raffinées et exaltées. Elle tombe malade, déprimée et apathique.

Peu à peu, Emma entretient des relations avec des hommes qui deviennent ses amants. Malgré cette nouvelle allégresse, l'ennui réapparait. C'est à ce moment que les dettes contractées par Emma refont surface. Un usurier saisit ses biens : il est alors trop tard pour cacher ses tromperies à son mari. Désespérée, Emma se suicide sous les yeux de Charles. Celui-ci, écrasé par les dettes de son épouse, meurt finalement de chagrin après avoir découvert les lettres des amants.

Les deux personnages littéraires présentent des similitudes dans leur désir d'une vie de passion. La passion d'Emma Bovary s'incarne dans la lecture romanesque. Insatisfaite, Emma tente de vivre à travers les récits imaginaires qu'elle lit. Anne Desbaresdes, quant à elle, se tourne vers trois éléments qui lui permettent de contenter son insatisfaction que sont la musique, l'alcool, et les paroles de Chauvin :

• la musique est une échappatoire modeste puisqu'elle s'incarne surtout dans son souhait de l'inculquer à son fils. Néanmoins, les leçons de piano sont tout de même une manière de rompre la monotonie de son quotidien (« Elle écoutait la sonatine. Elle venait du tréfonds des âges, portée par son enfant à elle. Elle manquait souvent, à l'entendre, aurait-elle pu croire, s'en évanouir », Duras, M., *Moderato cantabile*, Paris, Les Éditions de Minuit, coll. « 10-18 », 1958, p. 73) ;

- l'alcool est également pour elle un moyen de s'oublier (« Toujours grâce à son ivresse qui grandissait, elle en vint à regarder devant elle, cet homme », *ibid.*, p. 29). Le vin devient même une dépendance et il lui permet de garder son calme face à Chauvin ;
- mais c'est surtout en écoutant le discours de Chauvin sur le drame qui s'est joué au sein du café qu'Anne a l'impression de vivre une vie passionnée. Les explications qu'invente son compagnon quant au crime supposément passionnel deviennent sa véritable échappatoire, bien plus que la musique et l'alcool.

Emma et Anne souffrent donc chacune d'ennui et d'insatisfaction. Afin d'y remédier, elles tentent de vivre une passion à travers l'imaginaire, qui transparait pour l'une dans la lecture romanesque, et pour l'autre dans l'écoute d'une histoire inventée à propos d'un crime passionnel.

MODÉRÉ ET CHANTANT

Le rythme

L'intrigue de *Moderato cantabile* est tout entière caractérisée par un rythme allant crescendo. Au départ, la vie d'Anne est monotone : ses journées ne sont marquées que par les sonneries indiquant le début et la fin du temps de travail des ouvriers de l'usine de son époux. Son rythme personnel est quant à lui inexistant : jour et nuit se confondent puisqu'elle reste souvent éveillée dans son lit, indifférente à son environnement.

Alors, pour briser légèrement le ronronnement des pendules d'une villa vide, Anne passe par la musique, le seul recours qui lui permette d'interrompre pendant quelques minutes le pas lent de sa vie. La musique est importante, Anne ne cesse de le répéter à son fils. C'est là la seule distraction qu'il lui reste. Et c'est pendant la répétition de la sonatine de Diabelli que tombe la césure, le comma : un cri.

Ce hurlement rompt totalement le rythme nonchalant et monocorde de la vie d'Anne. Il existe à présent autre chose, un autre son, un autre mouvement. Il faut écouter la discordance. C'est cet élément chantant qu'elle recherche progressivement, lentement, à l'instar du tempo de la sonatine (modérato cantabile), en revenant sur les lieux du crime.

Et là, de chapitre en chapitre, s'installe une autre cadence qui va crescendo. Dans le café l'attend un homme qui l'espionne à son insu depuis un certain temps. Il est une sorte de silence sur sa partition qui attend de se faire note – comme le cri a surgi – pour envahir son existence et ne plus permettre que celle-ci demeure inchangée.

Cette mélodie qui progresse dans son quotidien, c'est le son de la voix de Chauvin qui lui raconte l'histoire sans cesse réinventée d'un couple malheureux, mais amoureux.

Leur conversation est entrecoupée de nouveaux silences : ceux de la gêne, ceux de la respiration, ceux de la peur. Anne sait en effet qu'en continuant à déchiffrer la partition de la vie dont la tonalité serait donnée par Chauvin, elle tombe petit à petit dans le gouffre de l'adultère, mais il lui semble aussi effrayant qu'excitant de sombrer.

Le péché se rapproche, la mer se fait plus pressante, le printemps cède lentement sa place à l'été. Les odeurs pénétrantes des fleurs la hantent. Elle étouffe, elle suffoque dans son milieu. Elle sent Chauvin se rapprocher d'elle sur le boulevard, dans le parc près de la maison, ses mains posées sur la grille. Au chapitre VII, le rythme ne cesse de s'accélérer, jusqu'à ce qu'Anne, étourdie par le vin, ait une nausée trop conséquente. La tempérance n'est plus de mise, il faut lâcher prise. Cela se soldera par un baiser glacial et mécanique :

> « Elle fait alors ce qu'il n'avait pas pu faire. Elle s'avança vers lui d'assez près pour que leurs lèvres puissent s'atteindre. Leurs lèvres restèrent l'une sur l'autre, posées, afin que ce fût fait et suivant le même rite mortuaire que leurs mains, un instant avant, froides et tremblantes. Ce fut fait. » (DURAS M., *Moderato cantabile*, Paris, Les Éditions de Minuit, 1993, p. 121)

Mais leur cœur demeure froid, gelé par tant de bienséance, de codes à respecter, d'inactivité. Anne et Chauvin termineront-ils leur histoire par une pause ? Est-ce la mesure finale de ce baiser ? Le rythme modéré deviendra-t-il plus vif, plus cadencé, comme un deuxième mouvement que l'on voudrait allégro ? Marguerite Duras laisse au lecteur le soin d'achever la partition ou de rester dans une forme d'inaccomplissement.

Le motif de la répétition

L'intrigue de *Moderato cantabile* est également caractérisée par le motif de la répétition. Le mécanisme littéraire qui se joue dans ce récit semble alors austère, presque orchestré, à la manière d'une partition de musique dont chaque phrase musicale est calculée.

Ainsi, les leçons de piano se répètent toutes les semaines. Plus encore, chaque moment de la vie d'Anne Desbaresdes est réglé de manière minutieuse. Ainsi, même le trajet effectué quotidiennement jusqu'au café où elle rencontre Chauvin devient répétitif : « Le lendemain encore, Anne Desbaresdes entraîna son enfant jusqu'au port. » (Duras, M., *Moderato cantabile*, Paris, Les Éditions de Minuit, coll. « 10-18 », p. 51)

D'autres moments, plus diffus, semblent vouloir se répéter inlassablement. Même un sourire, pourtant fugace, devient évident, monotone :

« À cette fenêtre, à cette heure-là de la journée, toujours on lui souriait. On lui sourit. » (*ibid.*, p. 37)

En outre, les dialogues qui s'établissent entre Anne et Chauvin sont également construits sous le motif de la répétition. Les rencontres entre les deux personnages sont réglées de manière telle qu'il semble parfois que le même dialogue se rejoue sans cesse.

À chacune de leur rencontre, la thématique du vin est répétée : « Je voudrais un autre verre de vin » (*ibid.*, p. 39) ; « Comme j'aime le vin, je ne savais pas » (*ibid.*, p. 80) ; « Elle avala une gorgée de vin, le sourire revint sur son visage [...] » (*ibid.*, p. 29). Les conversations sont toujours entre-coupées par l'acte de boire ou de commander une boisson. Cette répétition permet aux deux amants de poursuivre une discussion qui ne semble jamais totalement terminée.

Avec *Moderato cantabile*, Marguerite Duras transgresse les codes du roman traditionnel et fait du dialogue le seul élément constitutif de l'intrigue. Par ses silences, son rythme presque musical et ses répétitions, cette œuvre relate l'état de perdition qu'induit la prise de conscience d'une vite futile et monotone, ainsi que la quête de passion qui en résulte.

Votre avis nous intéresse !
Laissez un commentaire sur le site de votre librairie en ligne
et partagez vos coups de cœur sur les réseaux sociaux !

PISTES DE RÉFLEXION

QUELQUES QUESTIONS POUR APPROFONDIR SA RÉFLEXION...

- Repérez tous les éléments de ce livre qui vous permettent de ne plus le concevoir comme un roman traditionnel.
- Outre le rythme, la musique intervient-elle dans le déroulement de ce récit ?
- L'alcool est-il un élément-clé de ce roman ? Pourquoi ?
- Peut-on dire que les personnages de Duras n'ont aucun point commun avec ceux de Balzac (écrivain français, 1799-1850) ou de Flaubert ? Justifiez votre réponse.
- Comment envisageriez-vous la suite de l'existence d'Anne Desbaresdes ?
- En quoi la scène du repas est-elle révélatrice de la psychologie d'Anne et de Chauvin ?
- Comment interprétez-vous la phrase suivante prononcée par Anne : « J'ai crié, si vous saviez. » (DURAS M., *Moderato cantabile*, Paris, Les Éditions de Minuit, 1993, p. 42)

- À votre avis, y a-t-il une part autobiographique dans ce roman ?
- Comparez ce livre et son adaptation cinématographique éponyme de Peter Brook (metteur en scène, né en 1925) en 1960. Les préceptes du nouveau roman sont-ils respectés au cinéma ?
- Connaissez-vous d'autres œuvres du nouveau roman ? Celles-ci se rapprochent-elles de la thématique et de l'écriture de Duras ?

POUR ALLER PLUS LOIN

ÉDITIONS DE RÉFÉRENCE

- DURAS, M., *Moderato cantabile*, Paris, Les Éditions de Minuit, coll. « 10-18 », 1958, 179 p.

- DURAS M., *Moderato cantabile*, Paris, Les Éditions de Minuit, 1993, 165 p.

ÉTUDES DE RÉFÉRENCE

- « bovarysme », in *larousse.fr*, consulté le 7 novembre 2017. http://www.larousse.fr/dictionnaires/francais/bovarysme/10798?q=bovarysme#10661

- CANVAT, K., « Genres et pragmatique de la lecture », in *fabula.org*, 2010, consulté le 15 novembre 2017. http://www.fabula.org/atelier.php?Genres_et_pragmatique_de_la_lecture

- DE LA MOTTE, A., *Au-delà du mot. Une « écriture du silence » dans la littérature française au vingtième siècle*, Münster, LIT Verlag, coll. « Ars rhetorica », n° 14, 2004.

- MAROTTE, E., *Fiche de lecture sur* La Modification *de Michel Butor*, Bruxelles, Lemaitre Publishing, 2014.

- PINEAU, N., *Fiche de lecture sur* Les Fruits d'or *de Nathalie Sarraute*, Bruxelles, Lemaitre Publishing, 2014.

ADAPTATION

- *Moderato cantabile*, film de Peter Brook, avec Jean-Paul Belmondo et Jeanne Moreau, France/Italie, 1960.

SUR LEPETITLITTÉRAIRE.FR

- Fiche de lecture sur *L'Amant* de Marguerite Duras.

- Fiche de lecture sur *Le Ravissement de Lol V. Stein* de Marguerite Duras.

- Fiche de lecture sur *Un barrage contre le Pacifique* de Marguerite Duras.

Retrouvez notre offre complète sur lePetitLittéraire.fr

- des fiches de lectures
- des commentaires littéraires
- des questionnaires de lecture
- des résumés

ANOUILH
- Antigone

AUSTEN
- Orgueil et Préjugés

BALZAC
- Eugénie Grandet
- Le Père Goriot
- Illusions perdues

BARJAVEL
- La Nuit des temps

BEAUMARCHAIS
- Le Mariage de Figaro

BECKETT
- En attendant Godot

BRETON
- Nadja

CAMUS
- La Peste
- Les Justes
- L'Étranger

CARRÈRE
- Limonov

CÉLINE
- Voyage au bout de la nuit

CERVANTÈS
- Don Quichotte de la Manche

CHATEAUBRIAND
- Mémoires d'outre-tombe

CHODERLOS DE LACLOS
- Les Liaisons dangereuses

CHRÉTIEN DE TROYES
- Yvain ou le Chevalier au lion

CHRISTIE
- Dix Petits Nègres

CLAUDEL
- La Petite Fille de Monsieur Linh
- Le Rapport de Brodeck

COELHO
- L'Alchimiste

CONAN DOYLE
- Le Chien des Baskerville

DAI SIJIE
- Balzac et la Petite Tailleuse chinoise

DE GAULLE
- Mémoires de guerre III. Le Salut. 1944-1946

DE VIGAN
- No et moi

DICKER
- La Vérité sur l'affaire Harry Quebert

DIDEROT
- Supplément au Voyage de Bougainville

DUMAS
- Les Trois Mousquetaires

ÉNARD
- Parlez-leur de batailles, de rois et d'éléphants

FERRARI
- Le Sermon sur la chute de Rome

FLAUBERT
- Madame Bovary

FRANK
- Journal d'Anne Frank

FRED VARGAS
- Pars vite et reviens tard

GARY
- La Vie devant soi

GAUDÉ
- La Mort du roi Tsongor
- Le Soleil des Scorta

GAUTIER
- La Morte amoureuse
- Le Capitaine Fracasse

GAVALDA
- 35 kilos d'espoir

GIDE
- Les Faux-Monnayeurs

GIONO
- Le Grand Troupeau
- Le Hussard sur le toit

GIRAUDOUX
- La guerre de Troie n'aura pas lieu

GOLDING
- Sa Majesté des Mouches

GRIMBERT
- Un secret

HEMINGWAY
- Le Vieil Homme et la Mer

HESSEL
- Indignez-vous !

HOMÈRE
- L'Odyssée

HUGO
- Le Dernier Jour d'un condamné
- Les Misérables
- Notre-Dame de Paris

HUXLEY
- Le Meilleur des mondes

IONESCO
- Rhinocéros
- La Cantatrice chauve

JARY
- Ubu roi

JENNI
- L'Art français de la guerre

JOFFO
- Un sac de billes

KAFKA
- La Métamorphose

KEROUAC
- Sur la route

KESSEL
- Le Lion

LARSSON
- Millenium I. Les hommes qui n'aimaient pas les femmes

LE CLÉZIO
- Mondo

LEVI
- Si c'est un homme

LEVY
- Et si c'était vrai…

MAALOUF
- Léon l'Africain

L'éditeur veille à la fiabilité des informations publiées,
lesquelles ne pourraient toutefois engager sa
responsabilité.

www.lepetitlitteraire.fr

ISBN version numérique : 978-2-8062-7822-7
ISBN version papier : 978-2-8062-7823-4
Dépôt légal : D/2017/12603/907

Avec la collaboration de Marie-Sophie Wauquez pour
les chapitres « Des codes éloignés du roman traditionnel », « L'épisode du banquet », « Le bovarysme
d'Anne Desbaresdes » et « Le motif de la répétition ».

Conception numérique : Primento,
le partenaire numérique des éditeurs.

Ce titre a été réalisé avec le soutien de la Fédération
Wallonie-Bruxelles, Service général des Lettres et du
Livre.